AF373744

28 octobre 1911

VENTE APRÈS DÉCÈS
DE MADAME BIGOT

OBJETS D'ART

PORCELAINES — FAIENCES ANCIENNES

CHINE, BORDEAUX, LILLE, PARIS, SAINT-CLOUD, SÈVRES, SAXE

OBJETS DE VITRINE — BIJOUX

MEUBLES ET SIÈGES ANCIENS

DU XVIIIe SIÈCLE ET DU Ier EMPIRE

BRONZES D'ART — PENDULES

Objets d'Extrême-Orient

Bronzes, Matières dures, Laques, etc.

ANTIQUITÉS ÉGYPTIENNES ET GRECQUES

OBJETS VARIÉS

Dont la Vente aux Enchères publiques, après décès, aura lieu

HOTEL DROUOT, SALLE N° 7

Le Samedi 28 Octobre 1911, à deux heures

COMMISSAIRE-PRISEUR	EXPERTS
M^e Ch. THIBAULT	MM. PAULME et B. LASQUIN Fils
18, rue de Rivoli	10, rue Chauchat | 11, rue Grange-Batelière

PARIS

EXPOSITION PUBLIQUE
Le Vendredi 27 Octobre 1911, de 2 heures à 6 heures

D 5417

CONDITIONS DE LA VENTE

Elle sera faite au comptant.

Les adjudicataires paieront *dix pour cent* en sus des enchères.

L'exposition mettant le public à même de se rendre compte de l'état et de la nature des objets, aucune réclamation ne sera admise une fois l'adjudication prononcée.

Paris. — Imp. de l'Art, Ch. Berger, 41, rue de la Victoire.

DÉSIGNATION

ANTIQUITÉS
ÉGYPTIENNES ET GRECQUES

1 — Lot d'antiquités égyptiennes diverses : Statuettes funéraires en terre émaillée, bois peint, albâtre. — Statuettes en bronzes. — Amulettes et colliers en terre émaillée. — Scarabées. — Deux couvercles de canopes en terre cuite. (Sera divisé.)

2 — Divers objets, tels que : Fragments de sarcophages en bois ou carton peint, tissus et perles, bras en bois sculpté, anneaux en verre et en ivoire. — Ensemble : dix pièces antiques d'Egypte.

3 — Lot d'antiquités romaines : Vases peints, têtes en terre cuite, lampes, flacons en verre. — Ensemble : quinze pièces.

4 — Jolie statuette de chat assis. Bronze égyptien antique. — Haut., 19 cent.

5 — Amphore grecque à deux anses en terre cuite peinte, à décor de personnages en noir sur fond jaune. Travail antique. — Haut., 22 cent.

6 — Naos égyptien en bois peint, décoré sur ses quatre faces de tableaux à personnages, attributs et inscriptions hiéroglyphiques. Travail antique. — Haut., 31 cent.

7 — Epervier, chacal, uréus. — Trois pièces égyptiennes antiques en bois peint.

PORCELAINES, FAIENCE

8 — Deux petites assiettes et une petite coupe en ancienne faïence hispano-mauresque.

9 — Trois petits coqs en ancienne porcelaine blanche de Corée.

10 — Petit écran, en forme de disque, en porcelaine de Chine, avec support en bois de fer.

11 — Trois flacons à tabac ou à parfums en porcelaine de Chine, dont un monture or.

12-13 — Petit vase, bouton, trois-fruits, poisson, petit pot à thé (monture argent) en porcelaine de Chine, un bol en céladon vert, et un autre en porcelaine du Japon.

14 — Quatre très petites figurines en porcelaine blanche de Chine : divinité, dragon, coq et sanglier.

15 — Très petite potiche couverte, en ancienne porcelaine de Chine, décor fond or à imbrications et réserves à coq et arbustes fleuris, en couleurs. Monture en bronze.

16 — Statuette : Femme assise jouant de la mandoline, en faïence de Satsuma, décor polychrome. Socle en bois de fer.

17 — Statuette de Bouddha en ancien biscuit émaillé de Chine. Socle en bois de fer.

18 — Onze assiettes en porcelaine de Saxe, décor à fleurs.

19 — Tasse et sa soucoupe en ancienne porcelaine dure de Lille, décor en couleurs et dorure, et chiffre *V. J.*

20 — Deux petits vases en céladon de Chine bleu turquoise ; base en bronze.

21 — Deux petites coupes côtelées, à feuillages
en relief, en ancienne porcelaine tendre de
Saint-Cloud; monture, collerette, anses et
pieds-consoles en bronze ciselé doré.

22 — Statuette de dentellière assise en porcelaine
de Vienne, et statuette d'amour debout près
d'un autel en ancienne porcelaine allemande.

23 — Statuette de berger joueur de flûte et son
chien en ancienne porcelaine de Saxe.

24 — Confiturier à trois récipients couverts, sur
plateau adhérent, en ancienne porcelaine
blanche de Paris, à filets or.

25 — Tasse de forme arrondie et sa soucoupe en
ancienne porcelaine, de la *Manufacture de
Mgr le Duc d'Angoulême, à Paris*, décor d'enfants en grisaille.

26 — Tasse mignonnette et sa soucoupe en
ancienne porcelaine de Paris; décor en couleurs de fleurettes et guirlandes.

27 — Confiturier à deux récipients, sur plateau
adhérent, en ancienne porcelaine de Paris,
décor barbeau.

28 — Tasse obconique et sa soucoupe en ancienne
porcelaine pâte tendre de Sèvres, décor fond
bleu marbré; réserves à oiseaux en couleurs;
encadrement en dorure.

29 — Tasse et sa soucoupe en ancienne porce-
celaine dure de Sèvres, décor à carrelages fond
vert, médaillons à sujets dans le style chinois.

30 — Deux tasses et leur soucoupe en ancienne
porcelaine pâte tendre de Sèvres, décor de
fleurs en bleu et en couleurs.

31 — Pot à crème couvert en ancienne porcelaine
pâte tendre de Sèvres, décor de fleurs en
couleurs.

OBJETS D'ORIENT
ET D'EXTRÊME-ORIENT

BRONZES
MATIÈRES DURES, LAQUES, BOIS
IVOIRE, NACRE, ETC.

32 — Deux cassolettes orientales en cuivre, un pion en bois sculpté, un manche de couteau japonais; deux morceaux encre de Chine rouge.

33 — Pot cylindrique en bronze japonais et un petit bronze chinois : bœuf avec personnage monté en croupe.

24 — Très petite chimère en bronze, écritoire en bronze avec son nécessaire en ivoire sculpté. Travail chinois.

35 — Statuette de divinité chinoise et groupe de deux enfants luttant en bronze doré; et deux flambeaux en bronze. Travail chinois.

36 — Cinq cachets en pierre de lard, et deux en cristal de roche. Travail chinois.

37 — Dix pièces en jade, agate, matières dures diverses : bracelets, ornement, carnet ; plateau circulaire ; chaîne, coupe-papier, figurines, groupe, coupe, etc, Trois morceaux de jaspe sanguin et un cabochon.

38 — Boîte forme grelot en bois, avec bouton tête de mort en ivoire ; trois petits socles en bois sculpté ou laqué.

39 — Trois colliers en agate, émail cloisonné et bois. Travail chinois.

40 — Flacon en forme de canard en agate sculptée et gravée. Socle en ivoire ajouré. Travail chinois.

41 — Singe mangeant un fruit en agate sculptée. Travail chinois.

42 — Statuette de divinité et plante en nacre sculptée et gravée. Socle en bois ajouré. Travail chinois.

43 — Coupe en jade sculpté à jour, décor de feuillages. Ancien travail chinois.

44 — Deux petites coupes forme feuille ou fruit, un socle en bois ajouré. Travail chinois.

45 — Coupe en jade blanc veiné vert.

46 — Six flacons à tabacs en matières dures, dont un monture or. Travail chinois.

47 — Deux petits vases en jade blanc et jade vert sculpté. Travail chinois.

48 — Ours et bonbonnière couverte en jade sculpté. Travail chinois.

49 — Statuette de mandarin assis en bois sculpté, laqué or et couleur.

50 — Statuette de personnage chinois, debout, en bois sculpté.

51 — Quatre étuis en bois et ivoire et une boîte en ivoire; ornements gravés ou incrustés. Travail chinois.

52 — Douze netskés ou statuettes en ivoire sculpté. Travail chinois et japonais.

53 — Petit groupe de divinité, à cheval, et personnage prosterné en ivoire sculpté, avec incrustations. Travail japonais.

54 — Groupe de deux enfants et bœuf : un éléphant, grenouilles, une chimère, un rat, un groupe de rats. Sept pièces en ivoire. Travail japonais.

55 — Six statuettes de personnages grotesques, un masque, deux groupes de masques, une châtaigne en ivoire sculpté. Travail japonais ou chinois.

56 — Sept statuettes de personnages divins ou symboliques, un masque en bois sculpté, polychromé ou laqué. Travail japonais.

57 — Cinq boîtes, un bouton, un plateau en laque d'or du Japon, un étui en corne, avec ornements en laque.

58 — Très petit cabinet en laque du japon.

59 — Boîte rectangulaire en bois de fer sculpté, fermetures en or, filigrané et ciselé, ornée de pierres de couleur et d'une plaque de nacre gravée de caractères Tchai-Kiai signifiant abstinence; elle renferme à l'intérieur une divinité en bronze finement ciselé et doré. Curieux travail chinois.

60 — Boîte en forme d'œuf en émail de Canton.

61 — Bonbonnière en ancien émail de Canton, décor à personnages, rosace en couleur.

62 — Coupe en forme de fruit en ancien émail de Canton.

63 — Boîte ronde en laque rouge de Pékin, deux coupes libatoires en bois ; deux petits socles ; un gobelet en corne sculptée ; un petit plateau en bois incrusté de nacre.

64 — Grande boîte carrée en laque rouge de Pékin, décoré du dragon impérial.

65 — Trois figures de Chinois en bois de marronnier sculpté patiné. Ancien travail chinois.

OBJETS DE VITRINE
BIJOUX

66 — Petite cassolette en pierre dure, monture argent ; couteau lame en or, manche en poudre d'écaille et un carnet.

67 — Breloque-cassolette en porcelaine, figurant un masque de femme, et une bonbonnière en porcelaine tendre : tête de dogue.

68 — Miniature ronde, fixée sous verre : Paysage.

69 — Écritoire, en forme de livre, en maroquin rouge. xviiie siècle.

70 — Boîte ronde en ivoire, avec sujets colombes sur le couvercle. XVIIIᵉ siècle.

71 — Boîte rectangulaire, à pans coupés, en matières dures, variées ; monture en or. XVIIIᵉ siècle.

72 — Miniature ronde en grisaille, profil camée : Portrait de Franklin, par BORELLY.

73 — Étui cylindrique en écaille brune, posé d'ornements en or. XVIIIᵉ siècle.

74 — Étui en jaspe, monture en or ; rocailles, fleurs. XVIIIᵉ siècle.

75 — Paire de petits ciseaux et un dé en or. Époque Louis XVI. Plus une paire de ciseaux monture nacre.

76 — Pendentif avec Saint-Esprit, en or, pavé de pierres.

77 — Pendentif, forme panier, en partie émaillé, enrichi de perles et pierres de couleur.

78 — Flacon à parfum en cristal ; monture ajourée en or.

79 — Chaîne de montre en or avec boule en matière dure, avec clef et cachet.

80 — Dix pièces : anneaux, pendants d'oreilles, boutons en jade, montures cuivre et or. Une grosse breloque en lapis, monture or.

81 — Huit pièces : bagues, pendants d'oreilles, clef de montre, cachet en or, et cinq monnaies en or.

82 — Bracelets, broches, pendentifs en corail, monture or. (Huit pièces.)

83 — Bracelet en or, enrichi de pierres de couleur et perles fines. Travail oriental.

84 — Treize pièces ; Bagues, bracelets, boutons, châtelaine en argent ; deux bagues en cuivre, une miniature grisaille : Profil de femme, et un lot de pierres gravées.

BRONZES, PENDULES
OBJETS VARIÉS
MEUBLES ANCIENS

85 — Quatre petits flambeaux, forme tulipe, en bronze doré. Époque Louis XVI.

86 — Galerie de foyer en bronze, ornée de lions couchés.

87 — Petite cloche en bronze.

88 — Pied de veilleuse en bronze, formé d'une statuette d'Hercule. Époque Empire.

89 — Deux vases, l'un en céladon gris, l'autre en porcelaine gros bleu, avec monture en bronze.

90 — Coffret en bois marqueté d'os. Travail oriental, et un coffret en fer gravé du xvie siècle. (Seront divisés.)

91 — Paire de vases en verre bleu taillé, de forme ovoïde, avec monture en bronze doré ; bases en marbre blanc. Époque Louis XVI.

92 — Pendule en bronze doré, à cadran tournant, formée d'un vase enroulé d'un serpent marquant les heures ; sur une base carrée à pans coupés.

93 — Pendule en marbre blanc et bronze doré en forme d'arc émaillé bleu, piqué d'étoiles ; le mouvement signé : *Bruela, Paris*, marquant les jours et les phases de la lune. Fin de l'époque Louis XVI.

94 — Paire de flambeaux Louis XVI en bronze doré.

95 — Statuette de Vénus en bronze patiné.

96 — Ameublement de chambre à coucher, de l'époque du Premier Empire, comprenant : 1° un lit ; 2° un secrétaire à abattant, colonnettes détachées sur les côtés et dessus de marbre portor ; 3° une commode à trois tiroirs, dessus de marbre portor ; 4° une grande psyché ; 5° une table à ouvrage. Le tout en acajou orné de bronzes ciselés et dorés. (Sera divisé.)

97 — Bureau à cylindre en acajou orné de filets de cuivre ; dessus de marbre noir. Époque Louis XVI.

98 — Petit bureau bonheur-du-jour en acajou ; dessus de marbre, à galerie de cuivre ajouré. Époque Louis XVI.

99 — Bergère de l'époque Louis XVI, en bois laqué blanc, garni de velours rouge.

100 — Paire de fauteuils à dossier-médaillon en bois sculpté doré. Époque Louis XVI.

101 — Chaise à dossier, à colonnettes cannées, en bois sculpté et doré. Époque Louis XVI.

102 — Six fauteuils avec accotoirs têtes de cygne et huit chaises en acajou garnies de tapisserie au point à fleurs sur fond rouge. Époque Empire.

103 — Vitrine à deux corps en bois noir et filets de cuivre.

104 — Vitrine plate d'exposition.

105 — Portières en satin noir de Chine brodées de soies de couleur de médaillons avec dragon impérial.

106 — Tapis persan : personnages et animaux sur fond rouge.

107 — Objets omis.

www.ingramcontent.com/pod-product-compliance
Lightning Source LLC
Chambersburg PA
CBHW071309130726
47998CB00003B/1406